# 三國風雲人物傳 5

# 亂世梟雄曹操

宋詒瑞 著

新雅文化事業有限公司
www.sunya.com.hk

# 目錄

本書內容參考並改編自史書《三國志》、
小說《三國演義》及其他有關資料。

# 三國人物關係圖

## 曹操陣營

**謀士**

司馬懿 字仲達

軍師 →

郭嘉 字奉孝

蔣幹 字子翼

曹操 字孟德

**武將**

張郃 字儁乂

張遼 字文遠

夏侯惇 字元讓

曹洪 字子廉

護衛 ↑

許褚 字仲康

## 劉備陣營

**五虎大將軍**

關羽 字雲長

義兄弟 →

張飛 字翼德

義兄弟 →

劉備 字玄德

皇叔

妻子

趙雲 字子龍

馬超 字孟起

黃忠 字漢升

**武將**

義子

關平 字坦之

周倉 字元福

**謀士**

軍師 ↑

諸葛亮 字孔明

哥哥

# 孫權陣營

孫權 字仲謀

哥哥  孫策 字伯符

父親  孫堅 字文臺

妹妹  孫尚香

生母  吳夫人

家族

軍師

**武將**

 周瑜 字公瑾　　 太史慈 字子義

 黃蓋 字公覆　　 呂蒙 字子明

**謀士**

 張昭 字子布　　 魯肅 字子敬

 張紘 字子綱　　 諸葛瑾 字子瑜

# 天子及諸侯們

漢獻帝

父親

漢靈帝

脅持

 董卓 字仲穎

義子  呂布 字奉先

**武將**

 華雄

 袁術 字公路

弟弟

 袁紹 字本初

**武將**

 顏良

 文醜

# 第一章

# 宦官世家浪蕩子

## 官家子弟

東漢年代，在沛國譙縣街頭，人們常見一個遊蕩少年的身影，他身材不高，但身手靈活、行動敏捷，穿着一身華麗衣衫，夥同一幫同齡少年，常常流連於食肆來一頓**饕餮大餐**，或是到茶樓戲館聽歌看舞，或是在大街上玩狗嬉鷹。明眼人一看就知這是一個富家出身的**紈絝子弟**，無心向學，也不用為生計奔波，自是可以整日逍遙自在，享樂度日。

　　鎮上的居民都知道，這是當今朝廷當權宦官曹騰的孫子曹操，小名吉利，小字阿瞞。他父親曹嵩本家是夏侯，因被曹騰收為養子故改姓曹。

　　這可是一個大官之家，先祖曹參曾經幫劉邦打天下，後成為漢相；而本家夏侯的祖先夏侯嬰曾是劉邦的少年玩伴。祖父曹騰在漢安帝時代原是黃門從官，後來被選為太子劉保陪讀，太子特別喜愛他，常常賞賜他美食，待遇不同於常人。劉保即位為漢順帝後，就升他為中常侍；後因迎立漢桓帝有功被封為費亭侯。曹騰在朝廷三十多年，連續伺候過四代皇帝，

他辦事公正，常為皇上推薦賢人，從沒有犯過錯，名聲很大。

曹騰死後，養子曹嵩繼承了他的侯爵地位，掌管國家財政禮儀，位列九卿。在漢靈帝時，他花錢一億萬賄賂宦官買到太尉職位，地位僅次於大將軍，位高權重，但名聲卻欠佳。曹嵩有五個兒子，曹操是長子。

由於多年任職朝廷高官，所以曹家在當地**富甲一方**，全家盡享榮華富貴。曹操自幼被寵愛，過着**養尊處優**的生活，養成了驕橫任性、**唯我獨尊**的性格。父親曹嵩忙於從政，也不像祖父曹騰那樣清廉，所以沒能在教育

下一代上花費時間，也起不了什麼良好作用；母親丁氏在這樣顯赫的大家庭中地位低微，更談不到能如何管教孩子。所以曹操可說是個沒人管沒人教的浪蕩子。

他的同齡玩伴中，有家世顯赫的袁紹，家族以「四世三公（太師、太傅、太保）」揚名。兩人的祖父曹騰和袁湯是莫逆之交，袁紹比曹操大一歲，兩人自小在一起，是親密的玩伴。另外，還有出身名門的張邈，他為人豪爽，樂於助人，常常散財濟貧，曹操很佩服他。

這三個「髮小」便結成了有福同

享、有難同當的死黨。曹操交友相當

廣，各個階層的伙伴都有，所以常有

一羣小嘍囉跟着他們玩耍。

　　少年時期的曹操任性發展，放蕩

不拘，但卻也不是一事無成。他不讀

四書五經研究學問，也沒人

教他修煉品行，卻喜歡舞劍弄刀練習武藝，練得一身好本領。他愛讀一些書，讀的都是兵法古籍，曾經把古代諸位軍事家所著的兵書都抄錄一遍，也在閱讀《孫子兵法》時在書頁上寫了很多注錄，可見他對軍事的興趣，也由此培養了這方面的才能，為他日後的事業打下了基礎。他曾經對伙伴們說，自己的志向是「**欲為國家討賊立功，欲望封侯做征西將軍**」。

曹操本性勇猛，加上練武日久學到不少本事，敢作敢為，無所畏懼。十歲時，他獨自在譙河裏洗澡，不知不覺游離了河岸。

忽然一條鱷魚向他游來，來勢洶洶，差點就咬到他。小曹操雖震驚，但很鎮靜，他大力拍水激起浪花，居然把鱷魚嚇退了。

　　他**從容不迫**洗完澡回家，沒有把此事告訴別人。後來有一次他和同伴們在野外玩耍時，有人見草叢中有一條蛇在遊動，大家都嚇得四處逃散。曹操不禁大笑說：「我碰到鱷魚也不怕呢，你們見了這條小蛇就怕成這樣？」在同伴們的追問下曹操才說了擊退鱷魚的事，大家都驚訝得目瞪口呆，佩服他的**臨危不懼**。

## 狂妄少年

　　少年曹操在同伴中不僅以勇敢無畏出了名，他的**機靈狡詐**、善於應變的手段也是令人咋舌的。

　　曹府不遠是中常侍張讓的府邸。
張讓在靈帝時權力達到頂峯，是朝廷
十大常侍之一。他不僅慫恿朝廷向百
姓加收苛捐雜稅，自己也向諸大臣廣
收賄賂賣官，積累了不少不義之財，
修築了一座**美輪美奐**的豪華住所。曹
操的祖父曹騰曾是張讓的上司，曹操
根本不把這個太監放在眼裏，常聽說
張讓家如何華美，他不信張家會勝過
自己家，總想親自看看。

　　有一晚，曹操見市面都寂靜了，
便想去張府**一探究竟**，隨手帶了一把
練功用的畫戟防身。他沿着張宅的圍
牆繞了一圈，找到一處較低矮的，仗

着畫戟的支撐翻過牆去。他一直闖進了大廳，就要接近臥室時，**驚動**了府內的守衛，幾名衞兵吆喝着趕過來，曹操舞動手中的畫戟與他們對打，邊打邊退出，最後在院牆邊用力把衞兵打翻在地，才得以翻牆脫身。張家見是一個小孩子闖入，不是什麼刺客，便沒追究。

曹操的鬼點子很多，每天總想玩點新鮮的。最出格的一次要算是他和袁紹的「**搶新娘**」了。

有一對新人結婚，曹操和袁紹本也想和別人一起去鬧新房，但覺得不夠刺激，便想來次搶新娘，不為財也

不為色，就是要鬧着玩。

　　兩人來到新房附近，大喊：「有賊！快來抓賊啊！」主客大亂，分頭找賊。他倆就鑽入新房，夾着新娘往外跑。新娘大哭大叫，家丁們便循聲追來。兩人帶着新娘跑到後山，不小心跌入了荊棘叢中，曹操立即忍痛跳出，袁紹膽小不敢動。眼看眾人就要追到，曹操大喊：「賊人在此！快過來這裏！」嚇得袁紹只好不顧荊棘扎肉痛，也拼命跳了出來。兩人逃之夭夭，撇下哭哭啼啼的新娘。

　　事後袁紹責問曹操：「你大喊賊人在此，是想害我？還是想救我？」

曹操大笑道：「你猜呢？」

兩人**性格迥異**，由此可見。

曹操的叔父不喜歡曹操整日浪蕩的樣子，多次在曹嵩面前數説曹操的不是，要曹嵩嚴加管教。為此曹操很討厭這個叔父。

有次在大街上，曹操遠遠見到叔父正向這邊走來，便突然躺倒在地，裝出口歪鼻斜、嘴吐白沫的樣子，叔父急忙跑過來問他這是怎麼了？曹操答：「我中風了！」

叔父馬上去告訴曹嵩，曹嵩急急趕來，只見曹操好好的在街上行走，沒有一點生病的樣子。曹嵩便問他：「叔

父說見你中風了，怎麼沒事了？」

曹操說：「我哪裏中風了？叔父向來不喜歡我，巴不得我早死呢。是他**瞎說**的，我不是好好的嗎？」曹嵩中了兒子的詭計，從此對弟弟投訴曹操惡行的話就不相信了，曹操也就更**肆無忌憚**了。據說因為

曹操很會騙人，所以人們給他取了個小名——阿瞞。

由於少年曹操的**劣跡斑斑**，一般人都認為他是典型的敗家子，不求上進沒出息，對他的前途都不看好。但是一些有識人士卻另有一番見解，覺得這個少年非同一般。

東漢名臣橋玄見了曹操，大為驚訝，對他說：「我活了大半輩子，沒見過你這樣的人！天下將會大亂，只有具備能改變天下本領的人才能救世。能安定天下的人，就是你啊！」他甚至跟曹操說：「以後，假如我的家人過不下去了，就來找你，你要收

留他們啊！」

東漢名士何顒很會識人，他指着曹操説：「漢室就快亡了，能使天下太平的，一定是這個人了！」

橋玄建議曹操去結交當時一位著名的人物評論家許劭，據説許劭每個月都要對當時的社會人物進行一次評論。

出於好奇心，曹操便去了拜訪許劭，並直截了當地問他：「你看我是什麼人？」

許劭知道曹操，很不屑他平時的行為，所以不肯回答。曹操一再問，堅持要他説，最後許劭終於開口了。他

說：「你是**治世的能臣，亂世的奸雄**。」曹操聽了哈哈大笑。他原本在當地還是**寂寂無聞**的，憑着許劭這句話倒是揚了名。

## 年少出仕

看來，那幾位**有識之士**的確有眼光，年紀輕輕的曹操果然不是池中之物。

熹平三年，年僅二十歲的曹操通過察舉孝廉成為郎官，即是朝廷從貴族大臣的子弟中選拔一些優秀人才，培養他們學習做官，讓他們熟悉朝廷事務、增加閱歷，之後就會授予正式官職。

曹操離開了老家去京都洛陽，訓練沒多久他就被任命為洛陽北部尉，即是縣令的主要輔佐官員，就此開始了他的為官生涯。

　　曹操在家時經常聽祖輩父輩說起朝廷裏一些正直官員與奸臣之間、外戚與宦官之間的矛盾衝突，對血腥殘酷的政治鬥爭略知一二。他也看不慣父親曹嵩的貪婪，深為朝廷的腐敗和國力的日益衰落擔憂，很想用一己之力來**挽救漢室**。

　　　＊　　　＊　　　＊　　　＊

　　都城洛陽是高官貴族聚居之地，有些人仗着權勢**橫行霸道**、欺凌百姓，因「刑不上大夫」的惡習，正直的人們奈何不了他們，民怨很大。所以，洛陽是一個很難治理的地方。曹操上任後，決心用律法來整頓局面。

他命人在官署門口左右兩邊各放置了十多根塗上紅黃綠白黑顏色的五色棒。

根據他的規定，誰犯了法，就要被五色棒罰打處死。他執法**不偏不倚、冷酷無情**，如此嚴刑峻法之下，城內犯罪率大大降低了。

幾個月後，發生了一件事：那時因為社會治安不良，朝廷曾頒布一條夜禁令，晚上三更以後任何人都不能在街上行走。

一天晚上，宦官蹇碩的叔叔蹇圖公然違反禁令，在街上被衛兵捉到，那時他正企圖闖入民宅去搶民女。衛兵來向曹操報告，並特別提醒他道：「那是上軍校尉蹇碩大人的親叔叔，應該怎麼處理？」

　　哪知曹操毫不動容，**斬釘截鐵**地下令：「違法亂紀者一律棒殺，沒有例外！」這可是五色棒下喪命的第一個顯赫人物！曹操想用嚴正執法來管理好治安，但卻是**捅了馬蜂窩**——得罪了宦官集團。

　　那些達官貴人都大受震動，想不到這個年輕的新官如此**不知好歹**。但是曹操是按法辦事，無法告倒他。

　　於是他們採取了另一種手段，反過來在靈帝前誇獎曹操如何能幹、辦事認真，推薦他到頓丘去當地方官，表面看這可算是一種提拔，其實是把他趕出都城，去除這個**眼中釘**。

公元177年，曹操到頓丘任職，但是第二年就出了事。曹操的堂妹夫宋奇的妹妹宋皇后被人誣陷後失寵，宋奇受她牽連被宦官殺害，曹操也因而被免職，回到了老家譙縣。

過了兩年，曹操又被朝廷召去當官，這次被任命為議郎。這是個沒有什麼實權的職位，只是在朝廷需要時傳去詢問的閒散官員。在任期間曹操曾多次**上書進諫**，提請朝廷要警惕奸臣，**重用忠良**，嚴懲腐敗，但大都石沉大海沒結果。

記得168年發生過一起慘案。大將軍竇武、太傅陳蕃看不過宦官的胡

作非為，密謀刺殺宦官，但是計劃洩漏，兩人反被殺害。曹操就此事上書

靈帝，陳述被害兩人是正直的忠臣，為維護漢室以致慘遭毒手，但漢靈帝沒有重視此事。

曹操多次上書中的一些建議雖偶爾會被採納，但朝廷已日益腐敗，**積習難返**，不是幾張上諫書能改變得了的。

# 第二章
## 鎮壓黃巾露頭角

### 投筆從戎

　　到了東漢後期，朝廷的情況越來越糟，漢靈帝，外戚和宦官爭權奪利，雙方鬥爭越來越激烈；內政不穩，加上西邊羌族的不斷騷擾，朝廷不得不增加徭役和軍備去對付，數十年下來國庫已經空虛，幾年來又連續鬧旱災和蝗災，百姓日子更不好過。各地都爆發了大大小小的農民起義，雖然一一被鎮壓，但是**星火燎原**，更大規模的黃巾起義正在醞釀。

　　巨鹿人張角以宗教名義團結農民揭竿而起，組成黃巾軍，在光和七年（公元184年）三月全國八個州郡同時起義，火燒官府，大開國庫糧倉分給百姓，嚴懲貪官污吏和土豪劣紳，各路起義軍勢如破竹，直向洛陽殺來。

　　朝廷大受震動。靈帝先是任命何皇后之兄何進為大將軍，部署京師洛陽的防務；接着一方面派出兩路精兵去鎮壓，另一方面下令各州郡自己訓練士兵、招募義軍對付黃巾軍。初期政府軍處處失利，攻打潁川一帶的皇甫嵩將軍退守長社，被圍困在城中動

彈不得，向朝廷告急。

　　朝廷急派三十歲的曹操出戰。這對曹操來說正中下懷，他早就不甘平庸，不安心當一名小小文官。自從黃巾起義，曹操就坐不住了，他有武功訓練，也熟悉兵法，一心想用自己的本領報效國家，這次機會來了，他欣然接受使命，**投筆從戎**。

　　朝廷委任他為騎都尉，帶兵前往頴川支援。被困城內的皇甫嵩用火攻縈營城外的黃巾軍，待敵軍陣腳大亂時，連同前來救援的曹操軍兩面夾攻，打敗了數萬黃巾軍，獲得大勝。自此一戰，政府軍隊開始在戰場上轉

為主動，相繼平定了三個郡。加上涿縣的劉備與關羽、張飛結義，招募了一支五百人的義勇軍，加入討伐黃巾軍行列，形勢大好。

曹操在戰事上**初露頭角**就立下大功，回來後被提拔為郡一級的行政官濟南相，管轄十多個縣。

然而，轄內官吏都與貴族惡霸勾結，貪污成風。曹操痛恨這些敗壞國風危害百姓的蠹蟲，上任後就**大刀闊斧**地整肅官場，罷免了近八成貪污瀆職的高官，並且嚴禁**歪風邪道**的宗教迷信活動。濟南郡的作亂分子都怕了曹操的嚴明執法，紛紛逃往其他郡

縣，濟南郡清明了不少。

曹操的治理政局贏得了很好的口碑，但也得罪了在朝廷稱霸的宦官十常侍和當地富豪列強。雖然朝廷很讚賞他的政績，想提拔他為東郡太守，但是曹操擔心家人會受到壞人報復，便謝絕了升官機會，保留自己的議郎職位。

曹操知道對朝廷再多的上諫奏章也**無濟於事**，這幾年他懷着一腔熱血想清明政治，卻屢遭挫折，未免感到**心灰意冷**，所以，他常常稱病不去上班。他在老家譙縣東五十里建造了一處精舍，閉門謝客，誰也不見，專心

致志讀書和打獵度日。

　　當時朝廷內，黨派鬥爭不斷，有些官吏來找曹操，希望他加入這些爭鬥。曹操厭惡這些內鬥，一心維護漢室，就對這些要求一概拒絕。

## 榮升校尉

在政府軍的大力鎮壓之下，不到一年時間黃巾軍的主力被打垮了，但是各地的黃巾軍卻**化整為零**，遍地零散作亂，動亂一直沒平息。黃巾餘黨形成的白波軍四處橫行，燒殺掠奪，張燕率領的黑山賊也響應叛亂。為了加速鎮壓黃巾軍，朝廷下放軍權給地方，使得一些**野心勃勃**的將領和官員趁機掌握兵力割據一方，造成了日後的**軍閥混戰**局面。因此這次農民大起義沉重打擊了朝廷的統治，東漢王朝已是**名存實亡**，搖搖欲墜了。

靈帝為了保衛都城的安全，先以

39

洛陽為中心建立八關都尉加強關隘，
是一支繼續鎮壓各地民變的關防外
軍；再於中平五年（公元188年）設
置了一支城防內軍，名為「西園八校
尉」，由宦官蹇碩統領八個校尉組

成，袁紹是副首領，直接受命於靈帝。曹操被任命為典軍校尉。

八名校尉都可以在自家地盤招募壯丁擴大實力。於是曹操回到譙縣、沛縣徵兵。但是這次徵兵並不順利，中間發生了兵變。

因為當地百姓都**安土重遷**，不願遷移到他鄉。曹操在沛國招募了一隊新兵，要帶去洛陽，士兵們一聽說要離開家鄉就不太高興了。曹操親自帶隊一路行軍。

這些新兵沒經過訓練，不習慣日夜兼程的急行軍，越向西行天氣便越來越冷，匆促成行的軍隊裝備和糧草

都不足，因此士兵的怨氣很大。有一日，幾個新兵圍住一個小頭目發牢騷，要求立刻派發棉衣、增加口糧，**一言不合**打了起來，新兵們叫嚷着：「不給吃飽穿暖，就回家！」「去洛陽幹啥？咱們不幹了！」說着說着大家的情緒越來越激烈。有人帶頭說：「對這些小官多講沒用，去找大頭目算賬！」

士兵嘩變的消息傳到曹操營帳，部下都認為羣情激昂的局面很危險，勸曹操暫時離開躲避一下。

一羣士兵**氣勢洶洶**地舉着刀槍直奔而來，曹操想抄小路去後山，卻被

一個衝得快的新兵舉起大刀狠狠地劈下來。曹操流血倒地，士兵們見闖了禍，四散逃竄，好好一支隊伍跑了一半。

曹操帶傷跑到了平河一個亭長家裏，亭長不認識他，曹操自稱是隱居的士人曹濟南，意外受傷。憨厚的亭長留他在自己家裏養傷，照顧了他八九日直至痊癒。

曹操對他說：「我想回老家，請你用牛車送我，來回要四五天，我會厚厚報答你的。」亭長就駕着牛車送他去譙縣。走到離譙縣幾十里地時，迎面來了很多尋找曹操的騎兵，見到

牛車上的曹操喜出望外，直到此時亭長才知道車上的人原來是典尉大人曹操。曹操返回老家後，繼續招兵補充兵力。

朝廷設置的這支西園八校尉部隊成立時間不長，也沒有多少活動，只曾經參與了幾次鎮壓殘餘黃巾軍的小規模戰役。到漢靈帝逝世，它就消失了，但八大校尉繼續在各自的地盤招兵買馬，增強了本身的軍力，如袁紹、曹操等都成為日後爭霸中原的主要力量。

# 第三章
## 寧可我負天下人

### 董卓作亂

公元189年，在位二十二年的漢靈帝逝世，引起朝廷大亂，外戚集團和十常侍宦官集團進行了一場大火拼。

何太后勾結大將軍何進把親生子劉辯扶上皇位，即是十三歲的少帝，他沒有實權，由何太后聽政。以蹇碩為首的宦官集團與靈帝親母董太后則想立皇子陳留王劉協為帝。何進與中軍校尉袁紹密謀殺了蹇碩，但是何太后不同意向宦官們大動干戈。在將領

聯席會上，袁紹建議何進調召強大的董卓涼州兵來京城，脅迫何太后同意消滅宦官。他的建議遭到眾人反對，身為典軍校尉的曹操清楚看到此事的危險性，他直率指出：「宦官之患歷代都有，要解決這問題，只要把元兇首領捕殺即可，不必徵召地方部隊進京威脅朝廷。否則，反倒會引起宦官為自保而採取激烈行動，必然會造成大亂，朝廷將**大禍臨頭**了！」但是何進不聽這些意見，仍採用袁紹建議，下令并州刺史、河東太守董卓帶兵來洛陽。

十常侍得到這個消息就**先下手**

**為強**，安排親信伏擊殺了何進，激起
袁紹率領官兵攻入皇宮，大殺宦官等
三千多人為何進報仇，十常侍脅持少
帝劉辯和陳留王劉協逃出洛陽。

　　董卓帶兵前來京城路上得到宮廷巨變的消息，他在洛陽城北找到逃亡的一行人，便護駕少帝回城。董卓本就有侵佔中原的野心，如今外戚和宦官**兩敗俱傷**，他就來坐收**漁人之利**了。他進京城後與十常侍勾結，廢了少帝為弘農王，擁立陳留王劉協為漢獻帝。董卓自封為太尉、相國，掌握了朝廷大權。

　　董卓此人**兇猛狡猾**、殘暴成性、**詭計多端**。他本是涼州的豪強，稱霸一方，因鎮壓黃巾起義有功當上了并州牧，常年參與東漢與羌人的戰鬥，手下的涼州兵也異常勇猛，使羌人**聞風喪**

膽。原本董卓只帶來三千兵，為了製造大軍壓境的場面，他命令士兵每晚悄悄出城，第二天早上再列隊**大張旗鼓**進場。如此幾個來回，造成了董卓軍隊在源源不斷開來的假象。他還收編了京城部隊，增強了自己的兵力。

這段時間京城**人心惶惶**，政局不穩。董卓在朝廷各級安排自己的親信，掌控局面。董卓殺害異己的手段無比殘酷狠毒：他與官員議事時，若有人反對他，就被當場處死，有的被亂棍打死，有的被砍去手足，有的被拔去舌頭⋯⋯**慘絕人寰**。

過了不久董卓更殺害了弘農王劉

辯和何太后。他這些所作所為引起朝野的普遍不滿。何進的引狼入室證實了曹操的預言，造成了全國混亂不堪的局面，使曹操非常痛心，但懾於**權傾一時**董卓的淫威，曹操暫時不動聲色，伺機而行。

## 反董英雄

董卓很看重曹操，認為他有勇有謀，是可用之才，能協助朝廷穩定局勢。他常召曹操前來與他交談，很倚重他。但是曹操還是一心維護漢室，從董卓一系列**倒行逆施**中看出他的野心，對他懷有戒心。為了拉攏曹操，

董卓上奏朝廷要封曹操為驍騎校尉。但是曹操不屑與他合作，拒絕了這個官職。

朝廷中有位頗有才能的忠臣，那就是王司徒王允。他本是豫州刺史，是一位**勤政愛民**的好官，因為與宦官鬥爭失敗而隱居了一段時間。後來大將軍何進掌權，任命王允為從事中郎，回到朝廷。

董卓進城之後，王允敏銳地感覺到董卓將會是東漢朝廷的**最大威脅**，必須設法除掉這個惡霸。但是董卓手中有強大兵力，一時難以對他動手。正好董卓為了鞏固自己的統治地位，

在設法籠絡一些有影響力的官員，把他們一一提升了，如袁紹為渤海太守、張邈為陳留太守，王允被任命為尚書令及司徒。王允假意順從，董卓以為他**忠心耿耿**，大小事項都託他處理。王允趁機為恢復社會秩序、發展經濟盡力，同時也與一些正直官員密謀如何暗殺董卓。

那時，**血氣方剛**的曹操實在看不下董卓的**胡作非為**，為了挽救搖搖欲墜的漢室，他也萌生要除掉董卓的念頭。於是他頻頻到董府拜訪董卓，一來是要給董卓留下好印象，取得他的信任；二來是想熟悉環境了解情況，

為日後動手做準備。

那一日，王司徒做六十歲大壽，賓客盈門。散席後，王司徒留下了一些志同道合的大臣和將軍進入密室，商談政局，謀求出路。

談及近期朝廷的亂況，王司徒**痛心疾首**，泣不成聲。大家都搖頭歎息，**義憤填膺**，但一時間也想不出什麼解決辦法。

曹操歷數董卓的橫行霸道，氣憤地說：「我們再不動手阻攔他，四百年的大漢王朝就要敗在他手中！要儘快行動，為國除害！」袁紹、張邈都點頭稱是，王司徒也同意他的看法。

有人道：「他手下的涼州兵太兇狠了，我們沒有足夠強大的兵力對付啊！」

曹操說：「但是我們可以聚少成多，各路英雄聯合起來，力量也不小的。」

有人就說：「董卓的眼線密布各處，我們稍有動作都會被他們察覺。董卓心狠手辣，會立即**斬草除根，殺一儆百**！」

曹操氣不過大家如此婆婆媽媽，**大義凜然**地站出來大聲地說：「看來打蛇要打七寸，乾脆殺了這個罪魁禍首，萬事大吉！」

　　這是個大膽的主張，眾人雖覺得有道理，但是誰來動手呢？這可是個有去無回的獻身壯舉。大家沉默了。

　　曹操見大家不出聲，就拍拍胸脯**毛遂自薦**：「我來吧！我去殺掉這個老賊！」

　　有人為他擔心：「他戒備森嚴，你如何近得了他？」

　　曹操回答說：「我有辦法，董府我是常去的，能接近他。」

　　王司徒在心中暗暗**欽佩**這個年輕人的膽識和豪爽，但也不無擔心，畢竟這是一個萬分危險的舉動。他對曹操說：「據說董卓整日穿着**刀槍不入**的護甲防人暗殺，你怎麼下手呢？」

　　「這就要請您司徒大人出手相助了，」曹操向王司徒雙手一抱作了個拱，「我正是擔心這個問題。一般的刀槍傷不了他，所以，我有個不情之請，想借您的七星寶刀一用！」

此言一出，眾人都暗暗佩服曹操考慮之周全，看來他早就在策劃這個行動了。

七星寶刀乃是王司徒鎮宅之寶，它長尺餘，精銅鑄成，刀身上有七顆各色寶石鑲嵌的日月水火金木土七粒星，按北斗七星排列。其刀刃鋒利無比，能**削鐵如泥**、切金斷玉。王司徒視它為無價之寶，輕易不示外人。但是這次為了消滅禍國大賊，他毫不猶疑慷慨地獻了出來。

＊　　　＊　　　＊　　　＊

第二天，曹操懷揣着寶刀來到董府。因為他是常客，衛兵沒有搜身檢

查。正好董卓的愛將呂布也在，三人閒聊時董卓知道曹操沒有好馬，就叫呂布去挑選一匹西涼好馬送給他。呂布走後，董卓說自己發睏了，進入內室休息。曹操覺得機會來了。他等董卓入睡後，抽出寶刀徑直向董卓走去。但是刀身的凜凜寒光被牀

頭的銅鏡照到，亮光一閃，正好照到了董卓臉上。董卓被驚醒了，睜眼問道：「你想幹什麼？」

曹操一愣，立即機警地反應過來，他雙手捧着寶刀跪地說：「有幸覓得寶刀一把，請相國笑納！」

也算是曹操幸運。董卓一來是剛睡醒，迷迷糊糊的還不太清醒；二來被眼前那流光溢彩的華麗寶刀迷了眼，而且他也不會想到曹操能有什麼大逆不道的行為，所以沒多心，便捧起寶刀仔細端詳。曹操趁機向他絮絮詳說七星寶刀的特點，並立即示範，一揮刀劈碎了剛才壞了事的銅鏡，董

卓看得驚歎不已。此時，呂布進來說良馬已選好帶來，曹操藉口要去溜溜新馬，謝了董卓急忙逃了出來，騎上馬一溜煙跑了。

刺殺董卓雖然失敗，但是卻使曹操的聲望大振。原先有些大臣和諸侯因為曹操父親被太監領養的出身問題而看不起他，甚至背地裏稱他是「贅閹遺醜」。所以曹操總想幹出一些**驚天動地**的大事來證明自己的本領。

這次他能在一羣**碌碌無為**的官員中挺身而出，甘冒喪命危險去鏟除公敵挽救漢室，是地地道道的英雄人物，令人對他**刮目相看**，也是為他自

己日後爭霸踏出了第一步。

## 寧我負人

再說那邊廂，曹操離去後，董卓和呂布一起欣賞七星寶刀，但是他們越想越覺得不對：曹操有心要獻刀，為何不是一來到就拿出來，而是等董卓睡後進入內室？再者，聽說王司徒家有七星寶刀，莫非就是這一把，難道是王司徒與曹操勾結了想行刺？

兩人越想越覺得曹操行跡可疑，恰好他們派出的奸細也來報告，說有跡象顯示王司徒在聯繫人密謀殺害董卓。董卓一聽大怒，連忙發布對曹操

的通緝令，以重金懸賞捉拿曹操，同

時派人外出追捕。

　　曹操騎上董卓贈送的西涼馬，飛

奔出了洛陽。他知道董卓遲早會明白真

相追捕他，家是回不去了，想來想去，只有去陳留找髮小張邈。張邈現在是陳留太守，與曹操一直**同聲同氣**的，可與他一起商量反董之事。

董卓的通緝令已發至各地。曹操騎馬經過中牟縣時被守衞認出，立即捉他入獄，稟報了縣官陳宮。晚上，陳宮去審問曹操，問他究竟犯了什麼罪而遭到通緝。曹操**理直氣壯**地回答：「我沒有犯罪，我想為朝廷為百姓做好事！可惜天沒助我！」曹操歎了一口氣。

「你做了什麼？從實招來！」陳宮見這年青人如此嘴硬，倒也引起了

他的好奇心。

曹操就老老實實說了自己對朝廷現況的擔憂，數說了相國董卓的**倒行逆施**，無數忠臣的無奈，以及此次自己的失敗行刺。最後他說：「儘管我這次失敗了，但我知道董卓這老賊的日子也不會長，他這麼不得人心、逆道而行，是不會有好結果的。即使我被定罪，還有很多人會起來討伐他。只要我還有一條生路，我就會繼續與他對抗，為了維護我們的漢王朝，不打倒他**決不罷休**！」

陳宮聽了曹操這番話很受感動。他也是個明理人，早就看不慣董卓的

行為，但苦於作為一個小縣官什麼也做不到。接着，他問曹操：「假如我放了你，下一步你想怎樣做？」

機靈的曹操看出這個縣官不是董卓一幫的，也就放下顧慮**侃侃而談**：「洛陽是回不去了，雖然我現在身無分文，也沒有一兵一卒，但不要緊，我要去陳留從頭開始！」

「你是沛國譙縣人，怎麼不回老家發展，而是去陳留？」陳宮問。

曹操**胸有成竹**：「陳留的地理位置好呀！你看，在陳留往西不遠就是洛陽，比譙縣到洛陽近了很多，這是很有利的。另外，陳留太守張邈是我

的好友，他也一直想對抗董賊，一定會與我合作。所以懇請縣官大人不要阻攔我，放我一馬，我發誓一定會**重整旗鼓**，為朝廷除賊，恢復往昔的漢室，拯救陷於**水深火熱**中的百姓！」

曹操言辭懇切，態度堅決，言語間透露一股英雄豪氣。陳宮聽得熱血沸騰，不由得也拍案而起，激動地說：「你是一位英雄人物，並不是罪犯！目前朝廷正是需要你這樣忠心報國的人！像我這樣整日**庸庸碌碌**坐在縣府聽從那董賊之命，不等於**為虎作倀**、葬送漢室？我不能這樣幹下去了！走，我跟你走，去陳留召集人馬

大幹一場！」

　　曹操**喜出望外**，想不到要捉拿他的縣官竟成了志同道合的伙伴！這陳宮也是個熱血漢子，竟辭了官，拋棄了家室，真的騎上馬帶上大刀跟曹操向陳留奔去。

　　一路上還算順利，沒遇到什麼官兵。臨近傍晚，看來要找個落腳點過夜。曹操忽然想起，説：「前面就是成皋地，我父親的世交呂伯奢家在那兒，我們可以去借宿，沒問題的。」

　　呂伯奢見到是老友曹嵩的長子來了，很是高興，熱情招待。他悄悄吩咐家人殺豬備菜，見家中無酒，就對

曹操說要去鎮上買酒。呂伯奢走後，
曹操二人坐下休息。忽聽得院裏霍霍
的磨刀聲，曹操警覺起來，走到窗前

細聽，發現有兩個男子在磨刀，並在說：「先捆起來，再殺！」

曹操大驚，馬上對陳宮説：「不好了，他們在磨刀要動手對付我們，呂伯奢看來是去報告官府了。走，這裏留不得！」但走到門口，他又嘟嚷説：「哼，不能輕易放過他們，來，先把他們解決掉！」

説着，他先闖進內室揮刀殺了幾名老人婦弱，再到院子裏把兩個男子也殺了，全家七口血流滿地。陳宮看得**驚心動魄**。

但當他們轉到大門口，看見地上有一頭肥豬被綁着四腳，奄奄待斃。

陳宮驚得大叫：「噢，他們原來是要殺豬！」

曹操不由得也一怔，隨即就說：「顧不得那麼多了，快走！」兩人騎上馬飛奔而去。

走了沒多遠，卻看見呂伯奢提着酒壺喜滋滋地騎驢回來了。他見到兩人騎馬過來，就大聲說：「怎麼就走了？一起喝杯酒，歇一晚吧！」

曹操沒有回答，趁坐騎行到呂伯奢身邊，舉起大刀一劈，老人就被砍倒在地，一命嗚呼了。

陳宮忍不住開口：「剛才是你殺錯了，怎麼現在還要錯上加錯？老先

生無辜啊，為何要殺他？」

曹操悽然道：「沒法，只能一不做二不休了，不然他回家一看就會去招來官兵，我們就危險了！」說完，他仰頭歎道：「事到如今，**寧教我負天下人，休教天下人負我！**」說罷，他狠狠抽了馬一鞭子，向前馳去。

陳宮無奈地跟着，但是心中很不舒服。他眼見曹操為人如此殘暴不厚道，覺得自己看錯了人，曹操不是能合作幹大事的伙伴，跟着他做事日後一定沒有好結果。

那天晚上投宿了一處旅舍，陳宮

半夜不告而別去東郡，與曹操**分道揚鑣**，各走各的路了。

　　第二天曹操起身不見了陳宮，長歎一聲：人各有其志，勉強不得！

　　　＊　　　＊　　　＊　　　＊

　　曹操孤身上路，直奔陳留。一路上思忖：的確，此次我是錯殺了呂伯一家，但事已如此無法挽回，目前情況下**走投無路**的我不能認錯、不能示弱，只能對不起他們了。

　　我已經踏上了對抗董卓的道路，就絕對不能回頭，只能一路走下去。為此要樹立自己的威望、樹立王者風範、準備自己的實力，有一系列重要

的事情待做，為了實現拯救漢室的目
標總會犧牲一些人、做錯一些事，但
我不能因此而停頓，只能勇往直前！
**只能我負天下人啊！**

　　曹操此舉，與傳統的儒家道德準則相悖，他這句話使他背上了奸雄的壞名千多年，因而人們也忽略了他在政治、軍事、文學方面的**雄才大略**，關於這些，我們會在下文見識得到。

# 第四章
# 陳留起兵伐董卓

## 關東盟軍

曹操的父親曹嵩得知兒子刺殺董卓失敗被通緝的消息後，為了躲避董卓的報復，急急忙忙帶領家眷和財物逃到徐州陶謙那裏暫避，陶謙在徐州鎮壓了黃巾軍，也招安了泰山賊，所以是個比較安全的地方。

陳留太守張邈見曹操來到，非常高興。他倆從小是玩伴，**志趣相投**；如今又一心想對付董卓，所以一拍即合，張邈全力支持曹操起兵。

曹操從父親曹嵩那裏得到了一些資助，又回老家譙縣變賣了自家的資產，籌得一筆錢召集了一些舊兵，也招募了一批新兵。

張邈為曹操介紹了他手下的一名將官衞茲，衞茲是張邈推薦的孝廉，視張邈是大恩公，對張邈言聽計從。衞茲很贊同張、曹對抗董卓的計劃，也有不少家產，就資助曹操起兵，購置兵器盔甲旗幡。如此，曹操就成立了一支五千人的隊伍，附屬於張邈麾下。

初平元年（公元190年）正月，由張邈、曹操在己吾一地起兵，公開

打出反董大旗，而曹操還假借皇上的名義，把討伐董卓的詔書分發給各路諸侯，這份矯詔書**歷數董卓罪行**，效果顯著，關東各州郡的諸侯都紛紛響應。那時曹操的**抗董英名**已廣為傳播，曹氏和夏侯氏宗族的很多同宗兄弟都來跟隨他，不少對董卓不滿的中小地主也帶着人馬來投奔曹操。一時間四面八方送來很多糧食錢財，隊伍越來越壯大，士氣大振。

十八方諸侯組成關東盟軍，包括渤海太守**袁紹**，屯兵河內；他弟弟後將軍**袁術**，屯兵南陽；陳留太守**張邈**，屯兵酸棗；濟北國相**鮑信**、北海

太守**孔融**，長沙太守**孫堅**趕來會合袁術；還有豫州、兗州、冀州、廣陵、東郡等地的刺史或太守，形成對洛陽的一個戰略包圍。

曹操集結各地諸侯，一起商量組盟大事。河內太守王匡說：「我們是以正義之名組織起來的，一定要立一位盟主，並且要訂立盟約，然後才能出兵。」

曹操同意王匡的主張，說：「對極了！應該這樣做。袁公出身名門世家，應該當我們的盟主。」那時諸侯中要算渤海太守袁紹實力最強，諸侯們都同意推選他為盟主。

袁紹**再三推辭**，但是諸侯們也堅持，最終袁紹答應了。他自號車騎將軍，並以盟主身分給予各諸侯官名，如推舉曹操為奮武將軍，實際上就是副盟主；推舉孫武為破虜將軍，命令冀州牧韓馥在鄴城專門負責聯軍的糧草供應。

雖然當時強大的袁紹被推舉為抗董聯盟的盟主，但善於識別人才的鮑信卻看好曹操，說曹操日後一定能統領天下各路英雄，為漢朝**撥亂反正**。

## 初試交戰

各路諸侯紛紛領兵向集結地酸棗

行進，聯軍的陣營長達二百里。北平太守公孫瓚在途中偶遇劉備等桃園結義三人，他們也是**摩拳擦掌**準備殺賊，便一起同行。公孫瓚把**劉關張**三人介紹給曹操。聽說劉備是漢室宗親，曹操對他很敬重。

曹操主持各路諸侯的盟誓大會，宣讀了誓言，大家都表示要「**聽從調遣、同心協力、復興國家。**」

袁紹對各諸侯說：「我們的部隊都到齊了，陣容不小。希望有一人出來打先鋒，領軍去攻擊汜水關，試試董卓的軍力，其餘各部守住自己陣地準備後援。」

關東聯盟的各路大軍雖然都集結在酸棗，但是諸侯們懼怕董卓的精銳部隊，沒有人願意帶軍出戰。袁術手下的猛將——長沙太守孫堅卻**挺身而出**，願意率先去試探董軍。袁術和各諸侯都不反對，於是孫堅從南陽郡的魯陽北上，攻打氾水關。

孫堅與董卓派出的徐榮將軍在梁城交戰，被徐榮打敗，孫堅和數十名騎兵突圍由小路逃出，大部分將士被俘後遭到慘無人道的殺害，部將李旻被烹殺，很多士兵被淋油燒死。

這次交鋒中關東軍雖然沒有大傷元氣，但是各諸侯都看到了董卓的兵

力很強，不是輕易能對付得了的。

董卓軍隊趁勝進逼，袁紹急忙召集諸侯商量對策，公孫瓚帶了劉備三兄弟參加會議。此時正好董卓的猛將華雄來到關東軍軍營前叫罵挑戰，先後有兩名將領奉命去迎戰華雄，但都被砍死，與會將領都**嚇得變了臉色**，不敢出聲。關羽看不過眼，自報家門要去應戰，說要砍下華雄首級獻上。袁紹聽說他僅是劉備的手下，大怒說：「我們關東軍沒有人了嗎？怎輪得上一個小小的馬弓手出戰？」

曹操一聽**連忙勸說**道：「他既出此言，肯定武藝不凡，不妨讓他去

試試！」關羽説：「戰敗了請砍了我
的頭！」曹操斟了一杯温酒給關羽，
關羽**瀟灑**地説：「待我殺敵人回來再
飲！」説着，他提着大刀出馬，不到
一杯温酒冷卻的工夫，已經殺了華雄

提頭回來，令袁紹和眾將刮目相看，曹操大喜。

後來董卓派義子呂布前來為華雄報仇，劉關張三人在虎牢關大戰呂布幾十個回合，不分勝負。自此曹操對劉關張三人增添了幾分敬佩，尤其欣賞關羽的**豪爽勇猛**。

那時并州的白波叛軍也在活動，董卓派女婿牛輔帶三萬兵力去討伐白波軍，結果大敗。董卓擔心白波軍會與關東軍聯合起來，如此對洛陽的威脅更大。

於是他強把獻帝西遷到關中的長安，讓司徒王允掌管一切事務；自己

與呂布坐鎮洛陽指揮對付關東軍，同
時也要為自己的最後撤退作準備。有
些大臣一再反對遷都，立即被董卓殘
酷殺害。董卓逼迫幾百萬洛陽
百姓前往長安，以步兵和騎兵

監督，一路上被人踩死、被馬踏死、被士兵殺死、餓死凍死的不計其數，**慘不忍睹**。董卓在洛陽殺害富豪，沒收他們的財產；還挖掘已逝帝后官員的墳墓，搶劫墓內陪葬的稀世珍寶。最後還放火燒了宮殿廟宇和官府，想留一座空城給關東軍。這些暴行更加激起了各地諸侯的反董情緒。

## 汴水之戰

經過這幾次戰役，各諸侯見到董卓手下**驍勇善戰**涼州兵的厲害，都變得謹慎行事了。雖然有十多萬關東軍駐紮在酸棗一帶，但將領們都不敢貿

然行動。

　　眼見盟主袁紹遲遲不發兵，一心想儘早除掉奸賊的曹操心中很着急，他對各路諸侯説：「董卓竟敢焚燒宮室、劫遣天子，使海內震動，應該趁機儘快與他決戰。」他還警告袁紹：「我們這裏都是**義憤填膺**的正義之師，而董卓的手下只是一些**喪盡天良**的暴徒，我們是站在道德的高度，董賊的末日到了，現在他往西逃竄，我們應該乘勢帶領大軍追擊！趕快動手吧，不然喪失良機後我們就變成被動了！」

　　但是袁紹卻説：「我們的士兵都

很疲倦了，追擊恐怕沒有用。」其他諸侯也說：「不能輕舉妄動啊，聽盟主的。」

曹操氣得扼腕歎息：「唉，真是一輩不能同謀的庸人！」曹操見諸侯們都不肯出馬，他就率先行動，集結了幾方面的兵力打算向西進攻。

曹操手下已有五千兵力，陳留孝廉衛茲自從結識曹操後很欽佩曹操，不僅資助他，還親自帶領手下的三千人馬要加入曹操的西征。曹操邀請豫州刺史周喁共同出戰，周喁是袁紹部下，袁紹沒有親自出面，派了周喁帶二千兵力跟隨曹操出征。

　　另外，濟北相鮑信也是抗董的重要將領。他為人寬厚，**多智善謀**，早在董卓進京時就勸袁紹趁早除掉這個禍害，只是袁紹沒有同意。後來袁紹和曹操發起對抗董卓，鮑信與弟弟鮑韜一起起兵響應，參與關東軍，擔任破虜將軍，鮑韜為裨將軍。

　　他們在家鄉召集了步兵兩萬、騎兵七百、運送物質的車輛五千多，準備參與曹操的西征。

　　因此，這次參加曹操發起西征的部隊約有三萬人，主要來自兗州、冀州和豫州，將領分別有曹操、衞茲、周喁、鮑信、鮑韜等。這是關東軍經

過充分準備後策劃的一次對董卓的大規模進攻，曹操的動員很成功。

曹操**焦急**地等待各路部隊來到，但是諸侯們分散在四處，要在同一時間來齊豈是一件易事？曹操手下的將領因為出戰匆忙，都不清楚此次戰役的部署和計劃，也不知道應該如何與其他部隊配合，都勸曹操再耐心等等，讓各路將領們來到後一起商量，協調好如何作戰再開拔。

當時的曹操還沒有豐富的作戰經驗，他**急於求成**，宣稱「沒有他們支援，我可以自己先動手！」就於初平元年二月親自率領手下五千兵力向西

進發，目標是攻佔戰略要地成皋，在滎陽汴水與董卓派來的中郎將徐榮相遇。曹軍這方是打算在這一帶平原擺開陣勢，與董軍正面交鋒，但是徐榮是一位有實戰經驗的將領，有自己一套**駕輕就熟**的戰略和戰術。他佔據了汴水的有利地勢，**以逸待勞**；而且部隊不久前在梁城打敗了從南面北上的孫堅，士氣正旺，戰鬥力很強。

眼見曹操已動手，衞茲和鮑信兄弟也急急跟上支援。不料還沒等到他們趕到，曹操帶領的五千人馬與七千名董軍先鋒部隊已交戰了整整一天，竟被徐榮打得**落花流水**。曹操的坐

騎中箭倒下，曹操肩部也被徐榮放箭射中受了傷，他倒在地上仰天長歎：「**大事不妙**，難道今日我的日子到了頭？」情勢危急之時，幸虧堂弟曹洪趕來，把曹操扶上他自己的坐騎，說：「哥，你快騎上馬走吧，我來護送你！」曹操起初不肯接受他的馬，

但曹洪説：「天下可以沒有我曹洪，但是不能沒有你啊！」曹洪一路步行跟着曹操騎的馬，趁夜色逃出火線，回到酸棗營地。

關東軍中大部分是剛招募來的新兵，沒有受過訓練，缺乏作戰經驗，很多士兵是第一次上戰場，見到主將受傷倒下就慌了神，再被強悍的涼州兵一攻擊，整個隊伍就潰不成軍。

本來人數眾多的關東軍卻因為沒有全面動員作戰，而敗於人數少的董軍，這次戰役對關東軍的打擊很大，尤其是曹操損失慘重。不僅是他自己中了箭，鮑信也受了傷，更慘的是一

心**鋤奸報國**的衛茲和鮑韜戰死在沙場，五千曹軍人馬幾乎**全軍覆沒**，這些都讓曹操心痛不已。

## 重整旗鼓

汴水之戰是關東軍與董卓之間的一場決戰。戰後關東軍**元氣大傷**，人心也更渙散了。各諸侯意識到想打敗軍事力量強大的董軍是一件不容易的事，便都保留實力，不主動出擊，採取觀望態度，保持守勢。

關東軍的諸侯中，唯有長沙太守孫堅是多次出兵與董卓軍交鋒而且曾經取得重大勝利的。他幾次帶兵與董

軍交手，起初失敗，後來轉勝，還曾孤軍攻進洛陽，逼得董卓竄逃長安。但是由於各諸侯都心懷鬼胎，故意按兵不動，只是紛紛割據，熱衷於擴大自己的地盤，使孫堅孤立無援，也得不到軍糧補給，所以沒有取得決定性勝利。

這次擔任主攻的曹操雖然慘敗，喪失了一些威信，但他的大膽勇猛、主動出擊卻給人們留下了良好印象。作惡多端的董卓肯定是長不了的，遲早會被歷史淘汰，所以曹操的主動出擊很得人心。這次曹操雖然在軍事上失敗了，但是在政治上卻是打贏了一

仗。而且這次他親臨戰場指揮作戰，使他有了帶兵打仗的經驗，有利於日後的軍事生涯。

回到酸棗後，曹操並沒有消極頹喪，而是顯示了他百折不撓的頑強精神。他又提出了新的建議：主張關東軍各諸侯堅守各自的地盤，控制全部險要地區；再分兵向西進入武關，把戰線往前推，修築營壘，布置疑兵，形成對董卓的包圍圈，這是天下大勢所趨，這樣就可以名正言順地合力攻打逆賊，與董卓作一決戰。

按照當時關東軍的十幾萬兵力來說，這是一個可行的計劃。可是那些

諸侯只知道聚在酸棗享樂，沒有人響應，沒有行動的意圖，都不肯聽從曹操的建議。

曹操見到這種情況很是**無奈**，但是他自己的部隊已受重創，再也沒有力量出征。於是他向袁紹和諸侯們告別，和手下任職司馬的夏侯惇到揚州一帶去招募新兵，重整隊伍。

到了揚州，揚州刺史陳温和丹陽太守周昕（即周喁的哥哥）撥給曹操四千多人，基本上補充了他的老本。但是，曹操帶領這批新兵回家的路上卻不順利，一來是因為新兵不想離家北上，有反抗情緒；二來是曹操在汴

水的失利使他在百姓中喪失了威信，**新兵不服他。**

於是，有部分士兵在揚州附近的龍亢嘩變，襲擊曹操，放火燒他的軍營。曹操差一點丟了性命，他親手揮舞大刀砍殺了數十人才平息了叛亂，

但是四千新兵只剩下五百多人。

好在曹操沿途又另外招募到一千多人，才算有所補充。但是他已經沒臉返回酸棗見張邈了，就轉到袁紹那裏，駐守河內。

關東聯盟的諸侯在酸棗大吃大喝到物資耗盡，也都拔營各自回老家。至此，關東聯盟也無形中解散了。

# 第五章

# 挾天子以令諸侯

## 接管兗州

關東聯盟解散之時，也是各地諸侯之間互相殺戮、**弱肉強食**的開始。

盟主袁紹和弟弟袁術最先挑起內鬥，袁紹用計脅迫韓馥，奪得冀州；袁術佔有南陽，**覬覦**劉表的荊州，但是袁紹卻與劉表聯手，袁術則與幽州公孫瓚、徐州的陶謙結盟。兄弟倆的決裂造成了中原的混戰。

曹操在袁紹的河內駐守，但只有幾千人馬，他想進一步發展，鮑信勸

道：「袁紹當上盟主後，利用手中大權謀私利，看來將會是**另一個董卓**。現在袁紹的勢力強大，你是抵抗不了他的，但也不能和他**同流合污**。所以你要避開在冀州活動，靜觀其變，還是向黃河以南的兗州發展為好。」曹操認為他說得很對，便同意了。

初平二年（公元191年），黑山賊于毒等在東郡作亂，曹操率軍直攻于毒的大本營，于毒回來救援時被打得大敗。曹操又征服了南匈奴單于等，平定了東郡。袁紹上表曹操為東郡太守，鮑信為濟北相。曹操這才在東郡的東武陽**紮下了根**。

　　次年，青州的黃巾軍再起，百萬大軍進攻兗州，鮑信勸兗州刺史劉岱先不出擊，採取堅守的策略，等敵人糧草缺乏、士氣低落時派精銳部隊攻打，但劉岱不聽，匆忙迎戰，被黃巾軍殺害，全州驚慌。鮑信等人到東郡迎接曹操，推舉他出任兗州牧。

　　於是，曹操和鮑信一起迎擊黃巾軍，起初出戰不順利，後來曹操加強對士兵的訓練，又使出**奇招**，日夜出擊，終於打退了黃巾軍。在戰鬥中，鮑信曾在危急時拚死救出曹操，但他自己卻被黃巾軍殺死了。對這位**忠貞良友**的犧牲，曹操悲痛萬分，事後令

士兵尋找鮑信屍體，卻沒找到，只能雕刻了一個木像拜祭。

三十萬黃巾軍投降，曹操收編了他們，選其精銳建立了自己的青州軍，從此有了一支比較像樣的隊伍，

軍力大振，山東也告平定。

黃巾軍的成員都是拖家帶口的農民，所以三十萬士兵還帶來了一百萬家屬和耕牛等農具，有助於日後曹操實行**屯田制**，發展農業生產。

　　　＊　　　＊　　　＊　　　＊

曹操的青州軍不久就顯示了它的威力。公元193年，劉表截斷了南陽袁術的糧道，袁術覺得難以與劉表對抗取得荊州，就想放棄南陽，北上奪取曹操的兗州。

袁術聯絡黑山賊和南匈奴餘黨，他們曾被曹操打敗，所以願意與袁術**聯手報復**。袁術親自帶軍行進到兗州

附近的陳留郡，駐軍封丘，派大將劉祥率軍到匡亭，黑山軍和南匈奴軍也趕到。曹操帶領大軍主動出擊，劉祥哪裏是曹操的對手，被打得抬不起頭來。袁術趕來支援，也被曹操打敗，只好退回封丘。

曹操**趁勝追擊**，大軍包圍袁術，再加上倒灌渠水，逼得袁術只好棄城逃走，放棄了對兗州的進攻，退到豫州的寧陵。曹操還不放過他，一直追趕到揚州才罷手。這半年間，曹操一路追着袁術打，走了六百里。袁術非但得不到兗州，反而喪失了豫州的部分城鎮，只好龜縮在揚州，自此不敢

再對曹操進軍。

匡亭一戰，青州軍經受了考驗，之後曹操又憑藉它**南征北戰**，幫袁紹打敗駐紮高唐的劉備、駐紮平原的單經、駐紮發干的陶謙等，創建了不少功勳。

## 二攻陶謙

董卓作亂伊始，曹操的父親曹嵩因怕牽涉到曹操，就和小兒子曹德一起帶了家眷，從譙縣搬到徐州琅邪避難。

初平四年（公元193年），因為曹操在兗州**立住了腳**，局勢比較穩定下

來，他就想把父親一家從徐州接來同住。曹嵩見兒子的事業有起色，聲譽也在逐步上升，心中很高興，同意遷往兗州，便打點行裝準備上路。

曹嵩在朝廷辦事時**賣官斂財**，搜刮了不少錢物。這次遷居，大大小小箱櫃裝了一百多輛車，加上妻妾老少十幾口，浩浩蕩蕩一長列上路。

徐州太守陶謙出於好心，也是對曹操的畏懼，派了一個小隊護送曹嵩一家。

誰知領隊的張闓不安好心，見到曹嵩的龐大資產心生貪念，竟然在走到兗州和徐州邊境地區時，帶領手下

殘酷殺了曹嵩、曹德全家，搶劫了全部財物**逃之夭夭**。

此事其實與陶謙無關，但是曹操得到消息後勃然大怒，**怒吼**道：「陶謙這小子竟然敢動我的家人！

此事就算不是他指使，也與他脫不了關係，他要為此負責！我一定要**為父親報仇**！」曹操身穿喪服，率領軍隊高舉「報仇雪恨」白旗，怒氣沖沖攻打徐州，袁紹也派了三個營協助他作戰。

曹軍**氣勢如虹**，一口氣順利攻下徐州首府彭城等十多地。陶謙只好逃離彭城，退到北面的郯城，不敢與曹軍交戰。曹操攻打郯城，一時沒得手，因為軍糧補給跟不上，曹軍只好回師，一路又攻克幾個城鎮。當時徐州各地都是想躲避戰亂的難民，曹操下令殺了數十萬百姓，傳說屍體多得把泗水也堵塞了。這是**轟動一時**的徐

州大屠殺，受到社會輿論的譴責，是曹操歷史上的一大污點。

　　不過，還是有人支持曹操這次東征，那就是張邈。曹操臨行前對家人說：「假如我有不測不能回來，你們可以去投靠我的髮小張邈。」戰後曹操勝利歸來，與張邈相擁對泣，可見兩人感情之深厚。

　　過了一年，到了194年春，曹操又向徐州殺來，圍住了郯城。陶謙無力抵抗，躲在城內死守，寫信給北海孔融和青州田楷求救。孔融很為難，他知道幫不了這個忙，一來自己實在無力出兵；二來境內黃巾還在作亂，無

法分身去對抗曹操。孔融想到了平原縣令劉備，為人仁厚深得人心，目前也有一定實力，諒必能助一臂之力。於是派人帶信去見劉備。

劉備與結拜兄弟關羽和張飛一起商量，都同意出兵救援。他帶領三千人馬出發。陶謙知道劉備開來，很是感激，也撥四千人準備協助，公孫瓚也備兵二千。青州的田楷也準備發兵。

曹操見幾路大軍都來支援，便不輕易攻城，而是派了小支部隊在城外與劉備率領的陶謙軍打了幾個回合，佔了幾個小鎮。劉備與陶謙商量後，先寫信給曹操解釋曹嵩被殺是一場誤

會，勸他**收兵和解**。曹操見信大怒：
「這小小劉備還想來說服我？太**不自
量力**了！」他正想有所行動，忽然接
到報告說老家**出了大事**：好友張邈受

了陳宮煽動背叛了他，勾結奮武將軍
呂布攻破了兗州，正向濮陽進發。

兗州是曹操的大本營，失去了便
**無處立足**，曹操急忙退兵回兗州攻打
呂布，郯城就解了圍。

※　　※　　※　　※

曹操離去之後，陶謙留劉備在徐
州，兵駐小沛保衛徐州；又上表請奏
劉備為豫州刺史。

同年陶謙病故，大家都推舉劉備
掌管徐州，雖然劉備一再推辭，最終
順從民意接受了重任。自此劉備從一
個小縣令提升為州級官員，列入了諸
侯行列，並有了自己的第一個地盤，

這是他一生發展的轉折點。後來呂布被曹操打敗後前來投靠劉備，增強了他的軍力。

曹操在兗州聽說劉備掌管了徐州這個消息，氣憤地說：「這個平庸的劉備竟**不費吹灰之力**得到了徐州？我要先殺掉劉備，再挖出陶謙的屍體千刀萬剮，以報父仇！」

曹操身邊的謀士荀彧卻勸他說：「這是次要的事。目前要緊的事是應該先奪回被呂布搶奪走的濮陽！」

曹操想想也對，**點頭稱是**，着手作這方面的準備。

## 擊敗呂布

回頭說曹操的好友張邈**怎麼會背叛曹操**的呢？以前張邈看不慣袁紹的日益驕橫，時常當面頂撞他，袁紹心中很不痛快，曾經要曹操殺掉張邈，而曹操念在少年時的情誼不肯動手，並勸阻袁紹說：「我們三人都是自小的朋友，好像自家兄弟一樣，眼下時世也亂，更應**攜手共解國難**，不能互相殘殺。」張邈知道後，心中對曹操萬分敬重和感激。

但眼看袁紹和曹操實力都日益強大，張邈擔心最終袁紹不會放過他，而曹操也會為了袁紹而對他動手，加

上陳宮的**挑撥**，鼓動張邈先下手。於是趁曹操出外征伐徐州之時，張邈夥同了幾個不滿曹操的官員，奉迎勇猛的中郎將呂布為兗州牧，**窩裏造反**。

呂布攻佔了濮陽，兗州的大部分郡縣都響應，起兵叛曹。等到曹操從徐州趕回來，兗州只剩下曹操的名臣與謀士程昱統領的三個縣沒有投降。曹操對程昱歎道：「若不是有你，我將**無家可歸**了！」

曹操和呂布在濮陽大戰一場，濮陽的富豪田氏在城內接應曹操，開了東門迎接曹操進城，曹操進門後發誓永不退出。

但是，呂布帶軍死命攻打，**攻勢猛烈**，把曹操趕出城外。

　　曹操騎着馬在樹林中奔跑，呂布的士兵奉命**要活捉曹操**，捉到者獲重賞。一名呂兵攔住了馬上的曹操，但他不認識曹操，便問道：「你們的主將曹操在哪裏？告訴我的話，就饒你一命！」

　　**機靈**的曹操伸手一指遠處一個騎馬人影道：「我見他卸了軍服往那裏跑了，就是他，剛跑的！」

　　那呂兵一聽便策馬向曹操指的方向飛奔，曹操因此得以逃脫。

　　曹操又怎會甘心戰敗？回到營地後，他重組隊伍，重新發起進攻。雙方在濮陽相持三個多月無結果，後來

當地發生蝗蟲災害，糧食無收，兩軍的供給都缺乏了，得不到補充，曹操只好撤兵回去。

曹操失去兗州，很是彷徨。袁紹派人來勸他投靠自己，並要他把家眷送到鄴城去當人質。曹操與程昱商量說：「我沒有了根據地，兵力也損失不少，呂布又很強勢，根據目前情況下，這是一條路呀！」

程昱勸阻曹操說：「千萬不能答應！將軍要想得深入一些。袁紹是很有野心的，很可能這次會趁人之危把你吞併。他雖然佔據了燕趙兩地，但是論智力不行。」

　　程昱繼續説：「將軍你並不在他之下，你有**龍虎之威**，雖失了兗州，但還有三地，也還有近萬名士兵，加上我們幾人的協助，可成就**霸王事業**的。袁紹與你還是有些交情的，不如你去説些好話，他會幫你一把的。」

　　曹操覺得程昱説得有理，便親自去見袁紹，對他説：「謝謝大哥的好意，但是這次呂布幫張邈窩裏造反，這個仇我是一定要報的，還請大哥務必要**一如既往**幫我，借我一些兵力重振隊伍，讓我完成心願。」袁紹念在**舊情**，給了他五千士兵，曹操補充到軍力便回兗州繼續準備與呂布開戰。

　　興平二年（公元195年），曹操**捲土重來**，在鉅野與呂布部下大戰，銳氣逼人，呂軍被殺得戰敗，呂布只好親自出馬。那時正是秋收季節，小麥成熟待收割不能耽誤，曹操就派全部兵力下地割麥搶收，身邊只留了一千多人。

　　眼見呂布**氣勢洶洶**殺來，曹操不能與之正面對抗，就**設了埋伏**。有勇無謀的呂布見曹軍力量單薄，就放鬆了警惕，只是輕裝突擊。誰知中了曹操的埋伏圈，伏兵應時出擊，打敗了呂布。曹軍乘勝收復了十多處縣城，呂布逃向徐州去投奔劉備。

漢獻帝正式冊封曹操為兗州牧，曹操向朝廷進貢當地特產梨、椑（油柿）、棗各兩箱。這四年來，曹操在兗州打打殺殺進進出出，總算站穩了腳跟，得到了朝廷的承認，有了自己的**第一個領地**。

## 挾持天子

那幾年，朝廷又發生了**巨變**。初平三年（公元192年）司徒王允與呂布等人聯手，用皇帝詔書的名義設計殺死了董卓，結束了他的專制殘暴統治。

但是董卓的部下涼州軍閥李傕、

郭汜等人為了報仇，率領董卓的涼州軍衝進長安，殺了王允，打敗呂布。他們先是脅迫獻帝封他倆為大將軍，然後兩人又為了爭奪對漢獻帝的控制權而大打出手。李傕挾持着獻帝當人質，想使大臣們都屈服。

**亂上加亂**的是當年長安地區一連三個月不下雨，旱情嚴重，百姓都缺糧，連宮廷裏的人也挨餓了。獻帝熬不下去，請求李傕放他回洛陽，李傕同意了。於是，獻帝就由舅舅董承護送出發，但是李傕又**反悔**了，派人去追獻帝。獻帝一行便渡過黃河到河東避難了兩年，才回到洛陽。

　　那時的洛陽早已被董卓摧殘得只剩一片廢墟。獻帝一行只好在一所舊屋棲身，還派人到各地去，要諸侯向朝廷送糧食。但是各地諸侯都忙於打仗爭地盤，都**不管朝廷死活**。很多官員只能去挖野菜勉強維持生存，一些人挨不過就餓死了。

　　曹操此時已在兗州立住腳，隨着自己的勢力漸漸擴大，他的野心也越來越膨脹。

　　曹操身邊有四位高明的謀士——程昱、郭嘉、荀彧和荀攸。他們都在早期就追隨曹操，大小事上為他**出謀獻策**，個個的功勞都不小。

這時，他們都紛紛向曹操建議：

「當今各地諸侯**各顯神通**，互不相讓。想一統天下的話，要利用皇帝的名義號令天下才有效，這樣，才能**師出有名**，別人能聽從。」

「如今皇上困在洛陽，缺糧少食，窘迫不堪。解救皇上是當前最得民心的好辦法！」

「此事要趁早，**機不可失時不再來**，一旦被別人搶先做了，就失去了大好良機。」

其中荀彧的建議最為具體：「眼前李傕、郭汜正率兵進攻洛陽，威脅到皇上安全。將軍以自己的兵馬為義

軍，去迎奉皇上**復興漢室**，這是世上少有的良策，千萬別讓其他諸侯搶先了！」

曹操覺得這些建議都非常對，就想着手去做。但是在實行這個計劃的過程中卻是**一波三折**，遭遇到很多困難。

首先，是不知**天高地厚**的袁術在壽春稱帝後遭到各方反對，袁術率領二十萬大軍北上來打徐州，遭到孫策（孫堅之子）、劉備等人出兵抗擊，曹操也帶領十七萬人馬征討，殺了袁術的四名大將，逼得袁術逃去淮南。

然後是上面所說的195年與呂布的

大戰，把呂布打得只好投奔徐州的劉備。經過三四年的**艱苦奮戰**，曹操才鞏固了兗州，又佔領了許昌，地盤擴大了很多。

196年二月，曹操奉命出征平定了汝南一帶的黃巾軍殘部，獻帝封他為建德將軍；六月並拜為鎮東將軍，繼承父親的爵位費亭侯，身價又提高了許多。

曹操覺得迎接獻帝的時機已經成熟了，先指派夏侯惇領兵去洛陽剿滅李傕、郭汜軍，曹操自己隨後加入戰鬥，李、郭大敗，兩人**落荒而逃**，淪為山賊。

　　然後曹操就派中郎將曹洪帶人去洛陽接獻帝。但是獻帝身邊的衛將軍董承知道曹操**別有用心**，就發兵阻止曹洪進城。

　　於是，曹操親自去洛陽見獻帝。曹操見洛陽已成廢墟，難以重建，便決定遷都豫州許昌。曹操對獻帝說現在洛陽沒有糧食，而許昌有充足的糧食，只是運送不便，來不到洛陽，所以要請朝廷一行暫時前往許昌，不要在洛陽挨餓受凍。

　　獻帝聽了很高興。他一心想擺脫目前的困境，便聽從了曹操，於196年九月帶領了文武大臣、皇親國戚，跟

曹操來到許昌，改年號為建安，意為要建立一個安定的漢朝。許昌成了東漢的臨時首府，稱為許都。

曾經護送獻帝到洛陽的車騎將軍楊奉，不滿曹操強逼遷都許昌，一度帶兵在半路阻攔，但被曹操打敗。

曹操在許都建了宮殿，獻帝得以正式上朝。曹操自封大將軍，開始用漢獻帝的名義向各地諸侯豪強發號施令，人稱「**挾天子以令諸侯**」。

獻帝僅是曹操手中的一個傀儡，曹操把皇帝搶到了手，大權在握，是他要建立霸業、完成**統一天下的第一步**。

　　在建安元年（公元196年）之前，曹操還算是個東漢忠臣、熱血青年，為漢室平定叛亂**出生入死**，為靈帝、獻帝的朝廷管治地方，貢獻良多。

　　但自196年挾持獻帝遷都開始，曹操的**狼子野心**暴露無遺，由忠臣的形象轉變為企圖篡權叛逆的奸臣。

　　自此，曹操的人生也開始了新的一章。

# 曹操狼子野心顯現，施展偉略成奸雄！

## 下冊預告

　　承接本冊，曹操逼令獻帝遷都許都，從此挾天子以令諸侯，獻帝淪為傀儡，而曹操也由亂世的救國梟雄，一步步變成一代奸雄。

　　他與袁紹展開史上有名的官渡之戰，威震天下。但後來，在與劉備和孫權的赤壁之戰中，因過於自信而大敗，被敵方盟軍窮追猛打，最後與關羽對峙，命懸一線……

　　曹操的稱霸大業會否就此止步？

**欲知後事如何，且看《三國風雲人物傳6》！**

三國風雲人物傳 5
# 亂世梟雄曹操

作　　者：宋詒瑞
插　　圖：二三
責任編輯：陳奕祺
美術設計：李成宇
出　　版：新雅文化事業有限公司
　　　　　香港英皇道 499 號北角工業大廈 18 樓
　　　　　電話：(852) 2138 7998
　　　　　傳真：(852) 2597 4003
　　　　　網址：http://www.sunya.com.hk
　　　　　電郵：marketing@sunya.com.hk
發　　行：香港聯合書刊物流有限公司
　　　　　香港荃灣德士古道 220-248 號荃灣工業中心 16 樓
　　　　　電話：(852) 2150 2100
　　　　　傳真：(852) 2407 3062
　　　　　電郵：info@suplogistics.com.hk
印　　刷：中華商務彩色印刷有限公司
　　　　　香港新界大埔汀麗路 36 號
版　　次：二○二二年九月初版
　　　　　二○二四年六月第二次印刷

ISBN: 978-962-08-8088-9
© 2022 Sun Ya Publications (HK) Ltd.
18/F, North Point Industrial Building, 499 King's Road, Hong Kong
Published in Hong Kong SAR, China
Printed in China